MARIE STUARD,

REINE D'ÉCOSSE.

DE L'IMPRIMERIE D'Anth^e. BOUCHER,

SUCCESSEUR DE L. G. MICHAUD,

RUE DES BONS-ENFANTS, N°. 34.

MARIE STUARD,

REINE D'ÉCOSSE,

TRAGÉDIE EN CINQ ACTES.

« Malheureuse Princesse, à qui on a
» voulu enlever jusqu'aux regrets de la
» postérité sur une fin si tragique, par
» les couleurs affreuses dont on a peint
» toutes les actions de sa vie. »

(Le Président HAINAULT.)

À PARIS,

CHEZ Anth⁰. BOUCHER, IMPRIMEUR-LIBRAIRE,

RUE DES BONS-ENFANTS, N⁰. 34;

ET TOUS LES MARCHANDS DE NOUVEAUTÉS.

M. DCCC. XX.

AVERTISSEMENT.

Il y a plus de trente ans que cette Tragédie a été reçue unanimement au Théâtre
Français ; j'en fis don à Messieurs les Comé-
diens : ce qui leur offrit l'occasion d'exercer
un acte de bienfaisance envers un de leurs
camarades, et ce fut pour moi un véritable
succès.

Je soumis alors ma pièce au jugement de
La Harpe, que je regardais comme l'oracle
du goût ; il me dit : « Votre pièce est assez
» bien écrite, mais le sujet n'est nullement
» propre au Théâtre ; s'il l'était, Voltaire,
» ou moi, nous nous en serions emparés. »

On m'a fait un passe-droit en représentant,

avant ma Tragédie, une Marie Stuard reçue long-temps après la mienne. On m'a allégué que le tableau des réceptions faites avant la réunion des sociétaires, avait été annulé. J'ai répondu que, long-temps après cette réunion, une lettre de la Comédie, que j'ai entre les mains, datée du 7 mars 1807, atteste que la Comédie Française a envoyé ma Tragédie de Marie Stuard à la police pour être représentée; les censeurs l'approuvèrent; mais le ministre de la police, tenant la plume, dit en souriant : « J'aime assez les reines qui » s'amusent à s'entre-tuer ; il n'y a pas d'in- » convénient de permettre la représenta- » tion ; il n'y a pas d'inconvénient aussi de » la suspendre ; » et il prononça solennellement la suspension.

Ma Tragédie avait donc un droit incontestable à la représentation, avant toutes les autres pièces reçues, *ce qu'il fallait démontrer*. Pour me faire une telle injustice, on a des raisons que je ne cherche point à approfondir; il ne me reste d'autre ressource que de porter mon faible ouvrage au tribunal du public, notre juge en dernier ressort. Sans doute que j'aurais joui avec transport d'un succès dramatique dans le bel âge de l'enthousiasme; mais j'ai perdu tous les prestiges qui embellissent la vie, et je porte un cœur vieilli par les années et par une longue et terrible révolution.

Je n'ai rien emprunté de Schiller, dont j'ignorais alors l'existence. Je fais des vœux pour que les Français restent fidèles à l'école de Racine, hors de laquelle, dit Voltaire, il n'y a point de salut.

Pour justifier MARIE STUARD des repro-
ches qu'on lui fait, je renvoie le lecteur à
l'excellent plaidoyer qu'à fait, pour la cause
de cette Reine, le sage auteur de *la Rivalité
de la France et de l'Angleterre.*

᙮᙮᙮᙮᙮᙮᙮᙮᙮᙮

A MON AMI.

C'EST à vous, mon Ami, que j'adresse cette Tragédie de MARIE STUARD, presque aussi malheureuse que l'héroïne dont elle retrace la destinée, puisqu'elle n'a pu obtenir les honneurs de la représentation.

Pardonnez-moi de vous offrir un hommage si peu digne de vous; vous le recevrez avec bienveillance, en faveur du sentiment que vous m'inspirez. Dans mon infortune littéraire, j'ai le bonheur de savoir apprécier vos excellentes qualités : je ne connais pas d'esprit plus modeste et plus éclairé, d'ame plus pure, de cœur plus sensible, et j'aime à répéter ce que le public a dit de vous, que vous étiez bon Poète et bon Français. Heureux les gens de lettres, s'ils vous ressemblaient ! Ils ne formeraient qu'une société de frères.

Vous ne m'avez pas permis de placer votre nom à la tête de mon ouvrage, mais vous savez qu'il restera éternellement gravé dans mon cœur.

PERSONNAGES.

ÉLISABETH, Reine d'Angleterre.

MARIE STUARD, Reine d'Écosse.

Le Duc de NORFOLCK, attaché au parti de MARIE.

WALSINGHAM, Chancelier d'Angleterre.

LEYCESTER, Ministre D'ÉLISABETH.

MELVIL, Maître-d'Hôtel de MARIE.

STANLEY, Dame de la suite de la Reine d'Écosse.

FÉNÉLON, Ambassadeur de France.

SUFFOLCK.

Le Capitaine des Gardes.

Un Officier du Palais.

Anglais, Français, Écossais, Écossaises de la maison de MARIE.

Membres du Parlement d'Angleterre.

~~~~~~~~~~~~~~

La Scène est à Londres, dans le Palais d'Élisabeth.

MARIE STUARD,
REINE D'ÉCOSSE.

ACTE PREMIER.

Le Théâtre représente la salle d'audience.

SCÈNE PREMIÈRE.

ÉLISABETH, WALSINGHAM, LEYCESTER,
Ministres anglais, Gardes. (*Ils sont assis.*)

ÉLISABETH.

Magnanimes Anglais, soutiens de ma grandeur,
Mon règne a ramené la paix et le bonheur!
Les débats meurtriers du sujet et du maître
Sur ces bords consolés ne pourront plus renaître.
Lorsque le fanatisme, agitant ses flambeaux,
A marché dans l'Europe au milieu des bourreaux;
Lorsque l'or de l'Espagne et les foudres du Tibre
Voulaient dans mes états dompter un peuple libre;
Sans appui, sans secours contre tant d'ennemis,
C'est à mon ascendant que je les ai soumis!

Heureuse sous mes lois, la tranquille Angleterre
Présente un grand exemple au reste de la terre,
Et j'ai su réunir par un nœud solennel
Le peuple avec le Roi, le trône avec l'autel.
Des malheureux Stuards, si la triste héritière
Et s'indigne et gémit d'être ma prisonnière,
Est-ce à moi qu'elle doit imputer ses malheurs ?
Ai-je des Ecossais excité les fureurs?
Lorsqu'à l'ignominie, à la mort condamnée,
De prisons en prisons ses sujets l'ont traînée;
Lorsqu'Édimbourg, que couvre et le deuil et l'effroi,
Lui reproche à grands cris le meurtre de son Roi.
De ce noir attentat qu'elle se justifie,
Je remets sur son front sa couronne avilie ;
A l'Europe je dois compte de ses destins,
Il est temps de venger l'honneur des Souverains,
Dans mon ame je veux étouffer les murmures
Qu'ont provoqués jadis de mortelles injures ;
Oui, je veux oublier qu'au mépris de mon sang
Une Reine jalouse a disputé mon rang ;
Que m'opposant toujours un titre imaginaire,
Elle osa réclamer le trône d'Angleterre ;
Et que depuis long-temps ses altières clameurs
Parmi mes ennemis ont cherché des vengeurs.

Les ministres des cours, l'ambassadeur de France,
Qui viennent dans ces murs demander audience ,
Pour une infortunée implorant mon appui ,
Espèrent que ses fers tomberont aujourd'hui.
Sur le sort d'une Reine on veut que je prononce,
Parlez : que faut-il faire? et dictez ma réponse,
Vous dont l'œil vigilant sait tout juger , tout voir ,
A qui j'ai confié ma gloire et mon pouvoir,
C'est à vous de peser dans la même balance,
L'intérêt de l'Etat, ainsi que ma clémence.

WALSINGHAM.

La clémence des Rois ne peut être un bienfait
Que dans le seul moment où l'Etat la permet.
Grande Reine, combien elle serait fatale
Si, relevant le front d'une indigne rivale ,
Vous l'alliez replacer au trône paternel
D'où la précipita la justice du ciel.
Par ses propres sujets n'est-elle pas bannie ?
Le superbe Ecossais , dont l'austère génie
N'a point de bien plus cher, de droit plus respecté
Que sa religion et que sa liberté,
Vous remercira-t-il de lui rendre une Reine ,
De lui rendre un objet de discorde et de haine ?
Que dis-je? dans quel temps la défendriez-vous ?

L'Ecosse fume encor du sang de son époux!
L'auguste Elisabeth, que la vertu couronne,
Ferait-elle monter le crime sur le trône?
Cette Reine, artisan de complots, de forfaits,
Un jour vous punirait de vos propres bienfaits.
Ignorez-vous quel sang lui donna la naissance?
Ce sang de tant de maux la féconde semence,
L'attache aux ennemis du pouvoir souverain,
Qui gouvernant la France un poignard à la main,
Commandent dans la nuit complice de leurs crimes,
Que cent mille Français deviennent leurs victimes.
Philippe de la ligue enhardissant les coups,
Des titres des Stuards va s'armer contre vous,
Et la foudre de Rome à vos pieds endormie,
Pourra se réveiller aux cris d'une ennemie;
De la Reine d'Ecosse, amant ambitieux,
Norfolck sur sa couronne ose lever les yeux;
N'a-t-il pas, déployant l'orgueil de sa naissance,
De votre prisonnière embrassé la défense?
Le bonheur de l'État et votre sûreté
Vous imposent la loi de sa captivité:
Puisque dans votre empire elle cherche un refuge,
Elle est votre sujette, et vous êtes son juge.

LEYCESTER.

Son juge !.... Non , Madame. Au sortir des combats,
Quand Stuard vient ici se jeter dans vos bras,
C'est à votre pitié que le ciel la confie ,
Le ciel qui la conduit, déjà la justifie.
Hélas ! la majesté qu'imprime le malheur
De son rang semble encor relever la splendeur.
Dans la nuit d'une tour laisseriez-vous s'éteindre
L'honneur d'une maison qui ne peut être à craindre ?
Stuard reçut du ciel les talents, la beauté,
Et l'empire si doux que donne la bonté ;
Tous les infortunés qui fondèrent sa gloire ,
De ses touchants bienfaits bénissant la mémoire ,
Tendent incessamment leurs bras vers sa prison,
Toujours avec des pleurs ils prononcent son nom.
On ose l'accuser d'un parricide infâme ,
Et la haine jamais n'est entrée en son âme;
Lorsque tout l'Univers semble l'abandonner ,
Elle ne sait qu'aimer, souffrir et pardonner.
Et Stuard a commis un attentat horrible !
Avec tant de vertus le crime est-il possible ?
Ce peuple sacrilége est lui seul criminel ,
Lui qui flétrit sa Reine à la face du ciel.
Rendez à sa patrie une illustre Princesse ,

Qui dans l'horreur des fers consume sa jeunesse,

Qui par d'affreux revers tombant d'un rang si haut,

Près de son trône auguste entrevit l'échafaud.

Elle a depuis long-temps banni de sa pensée

Cette excusable erreur de sa grandeur passée,

Et les illusions des jours de son bonheur

Ont perdu leur prestige au sein de la douleur.

On vous fait redouter que l'Espagne et la France

N'aiguisent contre vous les traits de la vengeance.

Quel sera leur prétexte et leur prétention,

Si de Stuard ici vous ouvrez la prison ?

Pour la première fois la triste politique,

Des souverains trompés école tyrannique,

Au cœur d'Elisabeth en cette extrémité

Conseille la justice avec l'humanité.

Contre l'Etat on craint que Norfolck ne conspire,

Norfolck de qui la gloire honore votre empire !

Un sujet pourrait-il faire trembler son Roi ?

Il est trop criminel s'il cause votre effroi.

Voulez-vous, terminant une longue querelle,

Éteindre en nos climats la discorde éternelle ?

Madame, commandez que la loi d'un traité

Désarme le courroux et la rivalité ;

Que le sang des Stuards se borne à son partage,

Et de nos souverains abjure l'héritage.

Ce jour de vos bienfaits et de sa liberté

La soumettra sans peine à votre volonté ;

Un fils après vingt ans embrassera sa mère ;

L'Écosse vous devant son appui tutélaire ,

Renaîtra de sa cendre , et c'est régner deux fois

Que d'être le soutien et le vengeur des Rois.

WALSINGHAM.

Un traité n'est souvent qu'une chaîne importune ;

La probité dés cours change avec la fortune.

LEYCESTER.

Vous remplirez du moins le plus sacré devoir :

Voilà comme il est beau d'exercer son pouvoir.

WALSINGHAM.

Je sais qu'en ce moment de hardis fanatiques ,

Des écoles de Reims élèves frénétiques ,

Rapportent dans ces lieux qui les ont rejetés ,

Les sanglantes erreurs dont ils sont infectés ;

Ils répandent partout l'exécrable doctrine

Aliment éternel de la guerre intestine ,

Qu'assassiner les Rois que Rome a condamnés ,

C'est obéir à Dieu qui les a détrônés.

De ces prêtres fougueux la rage meurtrière

Nourrit l'emportement de votre prisonnière ,

2

Qui du fond de la tour, par des transports jaloux,
Par des cris répétés conspire contre vous.

LEYCESTER.

Quoi ! des pleurs, des soupirs menacent votre empire !
Et, jusque dans les fers, l'infortune conspire !
Qui peut donc garantir contre d'affreux soupçons,
Si le cri du malheur échappé des prisons,
Si la plainte qu'élève une faible victime,
Loin de la protéger, eux-mêmes sont un crime ?
Il n'est rien de sacré, rien qui ne soit flétri,
Si l'ombre d'un cachot cesse d'être un abri.
Ah ! Madame, laissez ces soupçons, ces alarmes,
Aux tyrans indignés de voir couler des larmes,
Qui pour anéantir tous les maux qu'ils ont faits,
Pour frapper les vertus, inventent des forfaits.

ÉLISABETH, *se levant.*

L'Europe à ma justice adresse sa prière :
La justice, des Rois est la vertu première.
Je veux, dans mon palais, moi-même interroger
La Reine qu'en ces murs les lois peuvent juger.
Le traité d'Édimbourg deviendra la barrière
Des droits qui menaçaient le trône d'Angleterre.
Que la Reine d'Écosse à ma voix désormais
Sortant de sa prison habite mon palais.

A Leycester.

Allez, je veux la voir.

    Aux Gardes.

            Et vous, qu'en ma présence
On introduise ici l'ambassadeur de France.

SCÈNE II.

ÉLISABETH, WALSINGHAM, l'Ambassadeur de France.

L'AMBASSADEUR.

Reine de qui la gloire et les brillants destins
Ont effacé l'éclat des plus grands souverains,
Qui régnez par les arts, les vertus, le génie,
J'apporte à vos genoux les vœux de ma patrie.
Les Français qui, toujours justes et généreux,
S'intéressent au sort des princes malheureux,
Ne peuvent oublier qu'aux rives de la Seine
Stuard a mérité d'être leur souveraine.
Le Ciel enfin touché de ses gémissements,
A sans doute voulu terminer ses tourments,
Puisque sur la Tamise, après un long orage,
Cette illustre captive échappe à son naufrage.

                            2..

Mon maître s'honorant d'imiter des vertus
Qui sont dans un monarque un empire de plus,
Par ma bouche implorant votre ame magnanime,
Vous demande, Madame, une triste victime.
Si la cour de Vallois vit briller sa grandeur,
Cette cour doit servir d'asile à son malheur ;
Stuard fut à la honte, au désespoir livrée,
Mais au sein des revers la vertu plus sacrée
A des droits qui pour nous ne se perdent jamais,
Et Stuard règne encor sur le cœur des Français.

ÉLISABETH.

Je rends grâce à Valois qu'un tel motif anime,
Qui veut par des bienfaits conquérir mon estime,
Qui, portant le fardeau d'un empire orageux,
S'occupe encor des soins qu'on doit aux malheureux ;
Mais Valois permettra qu'aujourd'hui je réclame
Le devoir si sacré que veut remplir son ame.
C'est à moi de venger et l'honneur de mon rang,
Et cet honneur plus cher qui m'attache à mon sang.
Oui, malgré tous les nœuds d'une illustre alliance,
Stuard nous appartient encor plus qu'à la France.
Je ne souffrirai point qu'un objet de pitié,
Sous l'opprobre et le deuil le front humilié,
Aille étaler au sein d'une terre étrangère

Le spectacle importun de sa longue misère.
Stuard, dans un moment, va sortir de la tour,
Vous pouvez lui parler, et rester dans ma cour ;
Je le permets : allez.

L'AMBASSADEUR.

Douce et pure allégresse !
Je vais tarir les pleurs d'une illustre princesse ;
Oui je vais, devançant vos augustes bienfaits,
Faire à ses yeux briller l'espérance et la paix.

(*Il sort.*)

SCÈNE III.

ÉLISABETH, WALSINGHAM.

WALSINGHAM.

Vous envoyez, Madame, un ministre de France
Dans le cœur de Stuard rallumer la vengeance;
Et Valois la servant par d'invisibles coups,
Aujourd'hui va l'aider à s'armer contre vous.

ÉLISABETH.

Sachez mieux de Valois juger la politique
Et tous les intérêts où son esprit s'applique.
Ce Souverain qu'assiége un parti redouté,

Qui dispute en tremblant sa frêle autorité,

Voit de deux étrangers le hardi caractère,

Nourrir de leur maison l'audace héréditaire.

Croyez qu'il ne veut pas que ses persécuteurs

Fondent sur les Stuards leurs projets destructeurs.

WALSINGHAM.

Écartons loin de Londre un dangereux ministre

Dont vous redouterez la présence sinistre;

Stuard par ses conseils vous prescrira sa loi.

ÉLISABETH.

Je ne ferai jamais rien d'indigne de moi.

WALSINGHAM.

L'audacieux Norfolck peut entreprendre encore....

ÉLISABETH.

Ce Norfolck que je hais.... (*à part*) que malgré moi j'adore.

WALSINGHAM.

A la Reine d'Écosse il prête son appui.......

ÉLISABETH.

Non.... j'ai su l'en punir, (*à part*) et moi-même avec lui.

WALSINGHAM.

Eh quoi ?

ÉLISABETH.

Dans ses projets mon bras soudain l'arrête,

J'enchaîne son audace en proscrivant sa tête ;
Suffolck que j'envoyai, suivi de mes soldats,
Dissiper la révolte au nord de mes États,
Va, me rendant un peuple inconstant et rebelle,
Éteindre des complots la dernière étincelle ;
Il arrive bientôt, je l'attends dans ma cour.
(*A part.*) Ciel ! qui lis dans mon cœur, éloigne son retour.

WALSINGHAM.

Suffolck est arrivé comblant votre espérance ;
Madame, jusqu'ici je le vois qui s'avance.

SCÈNE IV.

ÉLISABETH, WALSINGHAM, SUFFOLCK.

ÉLISABETH.

Eh bien ! aux murs d'Yorck reconnaît-on ma voix ?

SUFFOLCK.

Tout est soumis, Madame, et rentre sous vos loix.
Un peuple révolté, baissant sa tête altière,
Au nom d'Élisabeth tombe dans la poussière.
Ses chefs sont dispersés, et fuyant le trépas,
De la rébellion vont purger vos états.

ÉLISABETH.

Et le duc de Norfolck ?

SUFFOLCK.

Trop coupable victime !

On dit qu'il a subi la peine de son crime,

Et que proscrit, errant, sans armes, sans soldats,

Il a trouvé la mort attachée à ses pas.

Celui qu'Élisabeth chargea de sa vengeance

Va venir réclamer sa juste récompense.

ÉLISABETH , *à part.*

Qu'entends-je !... quel moment !... renfermons mes regrets...

Je ne veux point rougir aux yeux de mes sujets.

(*Haut.*)Allez... que mes soldats ne quittent point les armes ;

C'est pour mes ennemis que seront les alarmes.

Je brave leur orgueil et leur témérité ,

Le bonheur des Anglais sera ma sûreté !

Que l'on me laisse !

(*Walsingham et Suffolck sortent.*)

SCÈNE V.

ÉLISABETH , *seule.*

Moi, j'ai dicté ta sentence,

Norfolck, lorsque mon cœur volait à ta défense !...

Qu'ai-je-dit ? ton forfait mérite le trépas !

J'ai refusé la main de tous les potentats ;

Un sujet dans mon ame emporta la balance ;

J'oubliai ma fierté, ma gloire, ma puissance!...

Ingrat ! et pour Stuard !... C'est par ce coup affreux

Que j'ai dû m'affranchir d'un sentiment honteux !

J'ai dû de cet opprobre absoudre ma mémoire !

L'amour anéanti va me rendre à la gloire.

Malheur à qui força ma jalouse fureur

De prononcer sa mort, de m'arracher le cœur.

Je l'ai perdu..... Stuard en est plus criminelle :

Tout le sang de Norfolck retombera sur elle.

Stuard, je veux sur toi rejeter mes douleurs,

Et chercher dans tes yeux la trace de tes pleurs.

Connais Élisabeth : je suis amante et Reine ;

Ces deux noms réunis sont deux titres de haine.

Qui ? moi! la délivrer ! révoquons mes bienfaits,

Qu'elle soit dans la tour renfermée à jamais.

SCÈNE VI.

ÉLISABETH, LEYCESTER.

LEYCESTER.

Madame, partagez la publique allégresse ;

Aux portes de la tour tout le peuple s'empresse ;

Il entoure Stuard dont le touchant aspect
Commande dans les fers l'amour et le respect.
C'est un juste tribut qu'on paie à sa misère,
L'empreinte des chagrins la rend encor plus chère;
Ses regards obscurcis conservant leur douceur,
Nous peignent la bonté, le calme de son cœur.
Ah ! Madame, venez, dans ce jour de justice,
Vous entendre partout nommer sa bienfaitrice.

ÉLISABETH.

Quoi ! Stuard ! elle est libre? Il suffit, et je vais
(*A part.*) Lui rendre sa prison au fond de mon palais.

FIN DU PREMIER ACTE.

ACTE II.

Le Théâtre représente un vestibule commun aux appartements des deux Reines.

———◦◦◦———

SCÈNE Ire.

MARIE, STANLEY, MELVIL.

MARIE, *appuyée sur Stanley et Melvil.*

Où suis-je ? mes regards retrouvent la lumière.
Tout est nouveau pour moi dans la nature entière.
Mes amis, c'est donc vous ? Lorsque je vous revois,
Mon cœur croit vous aimer pour la première fois.

STANLEY.

O pur sang des Stuards ! ô Reine infortunée !
Vous la voyez briller cette heureuse journée
Que n'obscurcira point la nuit de vos douleurs ;
Vos yeux long-temps éteints et fatigués de pleurs,
Vos yeux vont retrouver quelques rayons de joie,
Dans l'espoir consolant que le ciel vous envoie.
Des fers injurieux ne chargent plus vos mains ;

Que votre cœur renaisse à de nouveaux destins,
Et de la liberté goûte enfin les prémices.
La Reine après vingt ans de guerre, d'injustices,
Pour l'honneur de son rang et de l'humanité,
Respecte votre nom et votre adversité,
Et vous prêtant l'appui de ses soins tutélaires,
Vous fera remonter au trône de vos pères.
Heureux de vous revoir, de régner avec vous,
Votre fils vous appelle en des moments si doux,
Et de votre malheur la longue expérience
Sera d'un jeune Roi la première science.
L'illustre Fénélon qui vient dans cette cour
Vous porter des tributs de respect et d'amour,
Arbitre de vos droits, veut, au nom de la France,
Consacrer le moment de votre délivrance.

MELVIL.

Madame, entendez-vous tous ces dignes Anglais
Que le cri de l'amour proclame vos sujets?
Ils veulent, oubliant leurs souffrances mortelles,
Arroser vos genoux de leurs larmes fidelles,
Ils attendent Norfolk: compagnons d'un héros,
Ils veulent sur ses pas, blanchis sous ses drapeaux,
Vous reportant au rang que notre cœur vous donne,
Eux-mêmes vous guider jusqu'aux marches du trône,

MARIE.

Triste ressouvenir ! dans cette horrible tour,
Où vingt ans sans espoir j'ai vu naître le jour,
Où toutes les saisons sous une affreuse image
Toujours m'avertissaient de mon long esclavage,
Je gémissais en vain, un écho ténébreux
Me renvoyait mes cris encor plus douloureux ;
Lorsque l'oiseau des airs parcourant l'étendue,
A travers les barreaux venait frapper ma vue,
Je disais : il est libre ! en ce séjour de deuil
Une voix me criait : je t'attends au cercueil !...
Ah ! je l'entends encore !.....

STANLEY.

Hélas ! de votre vie
Écartez ces terreurs qui l'ont trop poursuivie.

MARIE.

Pourquoi me rappeler dans un monde nouveau :
Déjà morte au bonheur, j'habite mon tombeau.
Stanley, peins à mon fils l'excès de ma misère ;
Qu'il se souvienne, au moins, que Stuard est sa mère ;
Dis à Norfolck.... Quel nom s'échappe de mon cœur !
Il m'eût rendu plus chers les jours de mon bonheur :
Joignant l'éclat du rang à sa vertu sublime,
Du sort qui me poursuit courageuse victime,

Gloire, honneurs, tous les nœuds dont il était lié,
L'intrépide Norfolck m'a tout sacrifié.
Cher et fatal objet de regrets et d'alarmes,
Norfolck, où t'adresser mes douloureuses larmes ?
Errant et fugitif, où traînes-tu tes pas ?
Peut-être que tes yeux ont pleuré mon trépas !
Ah ! pleure de mes jours la chaîne appesantie :
Sous le fardeau des maux je tombe anéantie.

STANLEY.

Eh ! quoi, n'êtes-vous pas libre dans ce palais ?
La Reine à vos amis en a permis l'accès,
Lorsque de vos états souveraine exilée,
Dans Londres par le sort vous fûtes appelée.
Si la Reine eût voulu, repoussant la pitié,
Ne signaler pour vous que son inimitié,
En ce moment, Madame, elle vous eût livrée
A cette nation qui de sang altérée,
A violé les droits de la terre et du ciel,
Et brise en même temps et le trône et l'autel.

MARIE.

Pour soulager un cœur qu'un sombre ennui dévore,
A sa sincérité je voudrais croire encore.
Elisabeth, dis-tu, vouloir me protéger ?
Mes parents ont-ils donc cessé de m'outrager ?

Rappelez-vous Stuard par des soldats traînée,
De ses propres sujets victime couronnée;
J'entends les hurlements de ce peuple assassin,
Et mon palais désert me redemande en vain.
Le cri de sa fureur de toutes parts m'assiège:
Les malédictions, voilà tout mon cortége!
Je vois devant mes pas marcher l'affreux drapeau
Qui d'un Roi massacré me montre le tableau;
Le corps de mon époux tout couvert de poussière,
Sans honneurs, sans cercueil, étendu sur la terre;
Et près de lui son fils, un enfant à genoux,
Criant, les mains au ciel : Dieu ! juge et sauve-nous !
Lorsque j'ai dévoré cette exécrable injure,
On m'abandonne au fond d'une prison obscure;
Murrai, dont le nom seul a fait rougir mon front,
Murrai commit le crime, et j'en subis l'affront.
La calomnie, hélas ! n'est que trop répandue,
Et la postérité, séduite, corrompue,
Me croyant criminelle, au bruit de mes malheurs,
Peut-être n'osera m'accorder quelques pleurs.
Norfolck, puis-je espérer de te revoir encore ?

MELVIL.

Suffolck est arrivé, Madame, et l'on ignore
La nouvelle qu'il vient d'apporter à la cour;

Vous pouvez de Norfolck espérer le retour.
N'en doutez pas, je vais m'en informer moi-même :
Attendez tout du ciel, du héros qui vous aime.

MARIE.

Ah ! vous retarderez l'instant de mon trépas. (*Il sort.*)

STANLEY.

L'ambassadeur français vers nous porte ses pas.

———

SCÈNE II.

MARIE, l'Ambassadeur de France,
STANLEY.

MARIE.

D'un Français la présence ici m'est donc permise !
Après tant de chagrins, aux bords de la Tamise
Un Français vient m'offrir l'image d'un pays
Où se tournent toujours mes regards attendris.
Dans ma captivité, sur mon sort moins tremblante,
Je soulève le poids de ma chaîne accablante.

L'AMBASSADEUR.

Je viens pour la briser : un saint engagement
De votre liberté sera le monument.

C'est au nom de Valois que deux nobles rivales

Oublîront à jamais leurs querelles fatales,

Et dans ce jour heureux vont, en se rapprochant,

Offrir à l'univers un spectacle touchant.

Tous les Français, Madame, à la cour de leur maître,

Sur mes pas espéraient de vous voir reparaître.

Mon retour triomphant dans Paris attendu,

Allait lui rapporter le bien qu'il a perdu ;

Vos vœux seuls sont comblés, et désormais la France

De Stuard à l'Ecosse envîra la présence.

MARIE.

La France, hélas ! ce nom rappelle dans mon cœur

Ma première tendresse et mon premier bonheur ;

Ce temps pur et serein de calme et d'innocence,

Où puisant les vertus dans les jeux de l'enfance,

Je me plaisais à voir un peuple aimable et doux,

Qui me nommant française embrassait mes genoux ;

J'étais loin de prévoir qu'au trône de mon père,

Le sort qui m'attendait dût m'y rendre étrangère.

Peuple que j'ai pleuré, ne m'oubliez jamais !

O jour qui m'exila du rivage français !

Assise sur la poupe, immobile, muette,

Je voyais fuir au loin vos bords que je regrette ;

3

Les bras toujours tendus vers cet heureux séjour,

Je m'écrie : Adieu France, adieu tout mon amour. *

Alors j'aurais voulu qu'à tous mes vœux docile

La mer eût enchaîné mon vaisseau trop agile ;

La nuit je demandais un rayon de clarté,

Pour revoir un moment le bord que j'ai quitté.

Quand le jour revenant consoler ma paupière,

Me rapporta l'aspect d'une terre si chère,

Je crus en m'enivrant de la plus douce erreur,

Rentrer dans ma patrie et retrouver mon cœur ;

Et mon œil accablé du tourment de l'absence,

Quand il ne la vit plus, cherchait encor la France.

Les désastres sanglants de vos concitoyens,

Au fond de ma prison ont augmenté les miens.

Sous un maître nouveau, la France consolée,

* Ces Vers rappellent les adieux de MARIE STUARD en quittant la France.

Adieu plaisant pays de France,
O ma patrie
La plus chérie
Qui as nourri ma jeune enfance !
Adieu France, adieu nos beaux jours !
La nef qui déjoint nos amours
N'a eu de moi que la moitié :
Une part te reste, elle est tienne ;
Je la fie à ton amitié,
Pour que de l'autre il te souvienne.

Respire-t-elle enfin des maux qui l'ont troublée ?
Et Valois par l'amour, par le nœud des bienfaits,
A-t-il droit d'enchaîner le cœur de ses sujets?

L'AMBASSADEUR.

Dans la tombe entraîné par le courroux céleste,
De nos calamités Charle emporta le reste ;
Et son frère à son trône appelé par nos vœux,
Va, s'il s'en fait aimer, rendre son peuple heureux.
Pourrait-il oublier cette leçon terrible :
Un monarque écrasé sous un bras invisible,
Expiant, par le sang élancé de son sein,
Tout le sang des Français dont il fut l'assassin ?
Charles, d'un grand remords la mourante victime,
M'envoya malgré moi pour colorer son crime;
Je rougissais alors du titre de Français.
Quand je fus introduit dans ce même palais,
Quel lugubre appareil ! quel effroi ! quel silence !
Au milieu de la cour lentement je m'avance :
Partout autour de moi le plus sévère accueil;
Partout des courtisans en longs habits de deuil,
Croyant voir sur mes pas la trace ineffaçable
Des grands assassinats dont la France est coupable;

3..

Cette solennité, cette indignation,

Semblaient punir en moi toute ma nation.

Qu'à tous les nobles cœurs votre cause si chère

M'a bien fait expier ce cruel ministère !

J'étais l'ambassadeur d'un monarque pervers;

C'est, Madame, aujourd'hui la vertu que je sers.

J'en jure par mon maître : apprenez qu'en silence

Au havre de Milfort une flotte s'élance,

Et Paris et Madrid se sont ligués pour vous :

Je puis précipiter ou retenir leurs coups.

MARIE.

Je vais donc voir ici cette superbe Reine

Qui de mes ennemis écouta trop la haine.

L'AMBASSADEUR.

A sa foi craignez-vous de livrer votre cœur?

MARIE.

Non : je pardonne tout à qui fit mon malheur.

C'est en vain que mon cœur me prête sa défense ;

Je crains.... Elisabeth !..., c'est elle qui s'avance.

SCÈNE III.

Les Mêmes, ÉLISABETH.

ÉLISABETH, *à l'Ambassadeur*.

Français, soyez témoin que mon bras aujourd'hui
A la Reine d'Ecosse ici prête un appui.

(*A Marie.*)

Vous, Madame, échappée à la guerre civile,
Enfin dans mon palais vous trouvez un asile.

MARIE.

Madame, vous voyez les maux que j'ai soufferts :
Vous êtes sur le trône, et je suis dans les fers !

ÉLISABETH.

Tant que dans vos États a grondé la tempête,
Que le cri d'Édimbourg demandait votre tête,
Pour détourner les coups qu'on voulait vous porter,
Un ordre de ma main vous a fait arrêter.
De vos accusateurs la poursuite sévère
Exigeait qu'en ces murs vous fussiez prisonnière.
Ce n'est que sur ces bords qu'expira le courroux
D'un peuple furieux soulevé contre vous.

MARIE.

Mes maux ont dû le vaincre.

ÉLISABETH.

A force de constance.

Si vous faites bientôt triompher l'innocence,

Les Écossais, soumis au joug sacré des lois,

Reverront dans leurs murs la fille de leurs Rois.

MARIE.

Se souvient-on de moi ? Tous les jours on m'oublie ;

Pour les Rois détrônés il n'est plus de patrie.

Que me restera-t-il ?

ÉLISABETH.

Un trône.

MARIE.

Une prison !

De l'hospitalité voilà donc l'heureux don :

La prison d'une Reine est bien près de sa tombe ;

Vous m'avez tout promis, et déjà je succombe.

ÉLISABETH, *d'un ton plus sévère.*

Madame, j'ai promis que sur cet assassin

Qui d'immoler son Roi conçut l'affreux dessein,

La vengeance des lois allait enfin descendre ;

Londres de votre époux appaisera la cendre.

MARIE.

Vengez-la, vengez-moi des calomniateurs ;

Tous ils m'ont imputé les plus noires fureurs.

Je jure ici par vous, ma dernière espérance,
Par ce digne Français, par vingt ans de souffrance,
Que je n'ai point trempé dans ce crime inhumain ;
Je puis lever au Ciel une innocente main.

L'AMBASSADEUR.

Oui, le crime est sorti de la nuit du silence.
Murrai, cet artisan de haine, de vengeance,
Frappé d'un coup mortel, est reconnu l'auteur
De l'horrible attentat dont il flétrit sa sœur,
Et la reine d'Écosse, aux yeux de l'Angleterre,
Malheureuse par lui, craint d'accuser son frère.

MARIE.

Hélas ! j'ai tant souffert, sans trône, sans pouvoir,
Qu'exigez-vous encor de mon long désespoir ?

ÉLISABETH.

Que tant que je vivrai, dans ces lieux étrangère,
Vous renonciez au nom de reine d'Angleterre.

MARIE.

Mon cœur depuis long-temps a cherché votre appui ;
Mais un plus grand effort est digne encor de lui.
Malgré tant de malheurs je suis sans défiance,
Et veux m'abandonner à votre bienfaisance ;
Ouvrez-moi donc vos bras, daignez me confirmer
Le bonheur si touchant de pouvoir vous aimer.

(*A l'Ambassadeur.*)

Vous, témoin d'un moment que l'amitié signale,
Dites : j'ai vu Stuard embrasser sa rivale,

(*Elle tombe dans les bras d'Elisabeth.*)

L'AMBASSADEUR.

Ce spectacle sublime est bien cher à mes yeux :
Quand les rois sont unis, les peuples sont heureux.

MARIE, *avec enthousiasme,*

Oui, ma sœur, ce nom sort de mon ame attendrie,
Je promets de signer le traité qui nous lie ;
Tout semble m'annoncer que l'instant n'est pas loin
Où de rang et d'honneurs je n'aurai plus besoin.
Qu'un seul de tant de maux où je suis asservie
N'obscurcisse jamais l'éclat de votre vie.

(*Elisabeth surprise fait un mouvement.*)

Madame, votre front soudain s'est altéré,
Quoi! vous doutez encor, et mon cœur a juré !
Je suis si malheureuse..... Ah! que tout vous rassure,
Sera-ce à moi d'oser prononcer un parjure?

ÉLISABETH.

J'entends autour de nous le cri des factieux;
Madame, c'est à vous de me répondre d'eux.

L'AMBASSADEUR.

Nous en répondons tous ; une paix solennelle

Unira vos États d'une chaîne éternelle.

Vous pouvez de la France assurer le repos.

Divisés trop long-temps, ô vous peuples rivaux !

Si gouvernant tous deux l'un et l'autre hémisphère,

Vous voulez abjurer le crime de la guerre,

Les passions des cours s'agiteront en vain !...

Faites ce nouveau pacte au nom du genre humain ;

Maudissant une gloire en ruine féconde,

Commandez et la paix et le bonheur du monde.

Cette union dépend du bonheur de Stuard ;

C'est à moi de presser l'instant de son départ.

ÉLISABETH.

Songez qu'il faut signer ce traité nécessaire ;

C'est de notre union le garant tutélaire ;

A votre adversité, Madame, en ce moment,

Je puis sacrifier un long ressentiment,

Mais non les intérêts de toute l'Angleterre,

Et la raison d'état est toujours la première.

(*Elle sort.*)

SCÈNE IV.

MARIE, MELVIL.

MARIE.

Cher Melvil, approchez, voyez tout mon bonheur ;
Un seul mot de la Reine a calmé ma douleur.
Elle a promis....

MELVIL.

O ciel ! redoutez sa promesse.

MARIE.

Non, de son amitié j'ai senti la tendresse.
Je ne redoute rien : ce palais aujourd'hui
D'Élisabeth m'a vue osant chérir l'appui,
Invoquer dans ses bras toute sa bienfaisance:
Melvil, mon cœur est né pour la reconnaissance !

MELVIL.

Et le duc de Norfolck ?

MARIE.

Vous m'avez annoncé
Qu'il allait revenir au plus haut rang placé.
Nous serons tous heureux.

MELVIL.

Quelle affreuse nouvelle

Je viens vous apporter !

MARIE.

A mon sort infidèle,

Norfolck ?

MELVIL.

Un précipice est ouvert sous nos pas,

Norfolck.......

MARIE.

Eh ! bien....

MELVIL.

La Reine ordonna son trépas,

Il n'est plus !.....

MARIE, *tombant sur un siège.*

A ce coup mon courage succombe :

Un moment j'ai vécu pour rentrer dans la tombe.

Reine barbare ! eh ! quoi, dans ces mêmes moments

Où je me confiais à tes embrassements,

Où je voulais t'aimer, c'était l'instant funeste

Où tu m'assassinais dans l'ami qui me reste.

Il n'est pas un espoir à mes malheurs offert ;

Le trépas de Norfolck fait du monde un désert.

Où trouver des secours ?

MELVIL.

Ici.

MARIE.

Tout m'abandonne.

MELVIL.

Ici sont les soutiens qu'un Dieu juste vous donne ;

Les fers dont a gémi votre captivité,

Seront les instruments de votre liberté.

Ah ! pour un intérêt et si cher et si tendre,

Tout mon sang ranimé brûle de se répandre.

Vieux, souffrant, au tombeau bientôt je vais entrer :

Je veux vous voir au tr ne avant que d'expirer.

Allons, Madame, il faut, vous armant de constance,

Justifier le ciel par votre confiance.

A votre nom dans Londre, en secret je nourris

Un sentiment vainqueur qui dompte les esprits ;

Si la Reine à vos vœux voulait être rebelle ,

Mille bras serviraient votre juste querelle.

O combien les bons rois inspirent de vertus !

Parmi ces courtisans à des tyrans vendus,

J'en ai vu qui pour vous partageant nos alarmes ,

Sur votre destinée ont répandu des larmes.

A mon zèle à l'instant on vient de confier

Un avis qu'un Anglais ose vous envoyer.

(Il lui donne une lettre.)

MARIE, *lisant.*

« N'espérez pas ici tant que vivra la Reine

» Fléchir son injustice et surmonter sa haine;

» Ce n'est qu'avec sa mort que vont finir vos maux;

» Vous allez retrouver le trône et le repos.

» Tous les cœurs sont à vous, régnez sur cet empire :

» Vous armez notre bras, bientôt la Reine expire. »

MELVIL.

Vous gardez le silence, et dans vos yeux je vois

La joie et la vengeance éclater à-la-fois.

MARIE, *la lettre à la main.*

Elle a tué Norfolck !

MELVIL.

Et sa jalouse rage

Qui vous laissa gémir dans un long esclavage,

Dans votre sang proscrit brûle de se plonger.

MARIE.

Elle a tué Norfolck !

MELVIL.

Nous allons le venger.

MARIE.

Dieu des infortunés, ma vengeance est la tienne.

Cette lettre.... je cours la porter à la Reine ;

Oui, toujours prisonnière et le rebut du sort,

J'aime mieux me traîner dans la plus longue mort
Que de voir dans ces lieux que de larmes j'arrose,
Une goutte de sang se verser pour ma cause.

MELVIL.

Servir Elisabeth qui comble vos revers !

MARIE.

Que dites-vous ? c'est moi, moi seule que je sers.
A qui veut mon trépas, je veux donner la vie :
Cette gloire du moins ne peut m'être ravie.
Quel bonheur pour mon cœur de soucis combattu !
Oui, je vais obtenir le prix de la vertu.

FIN DU SECOND ACTE.

ACTE III.

SCÈNE Ire.

ÉLISABETH, un OFFICIER du Palais.

L'OFFICIER.

Chargé d'ordres secrets, l'émissaire fidelle
Qui du sort de Norfolck confirme la nouvelle,
Madame en ce palais demande à pénétrer.

ÉLISABETH, à part.

Mon cœur se brise. O ciel!... n'importe, il peut entrer.

L'OFFICIER.

Stuard auprès de vous à se rendre empressée,
Que paraît occuper une grande pensée,
Madame implore aussi la faveur de vous voir.

ÉLISABETH.

Dites qu'Élisabeth ne peut la recevoir.

SCÈNE II.

ÉLISABETH, NORFOLCK.

NORFOLCK.

Mes jours sont condamnés; ma mort est-elle prête ?
Norfolck vient à vos pieds vous apporter sa tête.

ÉLISABETH.

Vous osez jusqu'ici.......

NORFOLCK.

       J'ose , bravant vos coups ,
Seul dans votre palais me confier à vous.

ÉLISABETH.

Vous n'avez point subi la peine d'un rebelle?

NORFOLCK.

Moi-même de ma mort j'ai semé la nouvelle,

ÉLISABETH.

Un sujet factieux.....

NORFOLCK.

      Un sujet tel que moi,
Était à sa patrie avant d'être à son Roi.

ÉLISABETH.

Quel est votre dessein ?

NORFOLCK.

De marcher au supplice,
Ou de voir en ces lieux triompher la justice.

ÉLISABETH.

La justice en ces lieux est de vous immoler.

NORFOLCK.

De votre gloire encor Norfolck vient vous parler.

ÉLISABETH.

De tous mes ennemis, vous, le plus implacable !

NORFOLCK.

Moi, vous servir encor quand votre bras m'accable !

ÉLISABETH.

Tombez donc à mes pieds..... J'ai souvent regretté
Que, loin de son devoir, un héros emporté
N'obtînt pas dans le rang que le destin lui donne
Le bonheur qui souvent m'échappe sur le trône.

NORFOLCK.

Le trône à votre cœur offre un bonheur nouveau.
Faites régner Stuard et fermez son tombeau.
Son otage, c'est moi.....

ÉLISABETH.

Ce mot te rend ma haine.
Tu prétends donc traiter avec ta souveraine
Des titres de Stuard, insolent protecteur ?
Avec toi tu la perds er t'armant son vengeur.

4

NORFOLCK.

Tout conspire à flétrir, à perdre l'innocence :
Quel autre que moi seul aurait pris sa défense ?

ÉLISABETH.

C'est contre mon cœur seul que se tournent tes traits,
Lorsque ton bras défend un objet que je hais.

NORFOLCK.

Me haïssez-vous moins, vous dont l'ame ulcérée
A demandé mon sang dont elle est altérée ?

ÉLISABETH.

J'ai droit de vous haïr..... Dans un juste transport
J'ai juré votre perte et signé votre mort ;
Et dans ce moment même où, bravant ma colère,
Vous venez dans ma cour mettre un pied téméraire,
Si je disais un mot en condamnant vos jours,
En vous frappant les lois viendraient à mon secours.
Oui, ces lois dont jamais le glaive ne s'arrête
Quand d'un conspirateur on leur livre la tête,
Redoutez leur arrêt. Ce n'est plus ce trépas
Que la gloire embellit au milieu des combats,
C'est la mort d'un coupable, et terrible et cruelle,
A qui le crime attache une honte éternelle ;
C'est la mort qu'on reçoit de la main des bourreaux,
Qui souvent fait trembler le grand cœur des héros.

Vos titres, vos exploits, tout ce que l'Angleterre,

Fidèle à mon exemple, et chérit et révère,

Je n'ai qu'à dire un mot, ils disparaissent tous,

Et sur votre échafaud ils meurent avec vous :

Il ne restera rien quand vous cesserez d'être,

Rien, que l'horrible nom d'un rebelle et d'un traître.

NORFOLCK.

Il restera toujours le nom d'un citoyen

Que la Reine estimait, et qui fut son soutien.

Si des infortunés j'ai pu sécher les larmes,

Et si mon souvenir a pour eux quelques charmes,

Voilà mon plus beau titre, il m'élève plus haut,

Lui seul peut ennoblir jusqu'à mon échafaud :

Vous-même quelque jour ne pourrez vous défendre

D'un regret douloureux qui vengera ma cendre.

Mes services plus forts que tout votre courroux,

Du fond de mon tombeau s'armeront contre vous ;

Vous-même, consolant ma famille éplorée,

Par de si grands malheurs à jamais consacrée,

Lui rendrez les honneurs qui m'étaient réservés,

Et c'est, Madame, enfin, ce que vous me devez.

ÉLISABETH, *faisant quelques pas pour sortir et appeler*
ses gardes.

Je vous dois le supplice, et je serai vengée !

4..

En vous livrant à moi, vous m'avez bien jugée ;
Tout ici contre vous parle et vient déposer,
Et je voudrais encor pouvoir vous excuser.
Norfolck, vous écoutez une indigne faiblesse :
Votre cœur a besoin d'une plus noble ivresse.
Au trône, je le sais, s'élèvent tous vos vœux,
Et le trône éblouit votre œil ambitieux.
Croyez-vous qu'à mon rang Stuard jamais remonte,
Stuard qu'ont dégradée et l'exil et la honte ;
Qui traîne pour tout bien les débris d'un grand nom?
Son empire se borne aux murs de sa prison.
Moi je règne : d'honneurs, de succès couronnée,
Mon génie a lui seul créé ma destinée.
J'ai terrassé la ligue, et, domptant leurs projets,
J'ai forcé trois états de mendier la paix.
Des bords de la Tamise aux bords du Nouveau-Monde,
J'enrichis l'Univers que ma gloire féconde ;
Et mes vaisseaux hardis, fiers de m'appartenir,
Tournant autour du globe, et l'osant conquérir,
Aux plus lointains climats annoncent ma puissance:
L'Océan s'est courbé sous mon empire immense;
Du pouvoir de mon bras des monarques jaloux
Viennent humilier leur sceptre à mes genoux.
Voyez ces potentats si peu dignes de l'être,

Qui fatiguent le trône où le sort les fit naître.

Valois, Roi parricide à l'ombre de l'autel;

Un pontife usurpant les droits de l'Éternel ;

Les despotes du Nord , brigands de leur empire ;

Le fils de Charles-Quint , qui règne pour détruire.

Dans mon siècle étonné l'on ne compte qu'un Roi,

Et ce titre, Norfolck , il n'appartient qu'à moi.

C'est à cette splendeur que je vous associe;

Et votre nom, vainqueur du temps et de l'envie,

Peut , couvert de l'éclat de ma prospérité,

Marcher avec ma gloire à l'immortalité.

NORFOLCK.

Contemplant de Stuard la misère profonde ,

Je serais malheureux sur le trône du monde.

SCÈNE III.

ÉLISABETH, WALSINGHAM, NORFOLCK.

WALSINGHAM.

Un complot ténébreux qui couvait sourdement

Menaçait vos états d'un prompt soulèvement.

De cruels assassins s'armaient dans le silence :

Ils allaient, à Marie offrant leur assistance,

Frapper Élisabeth jusque dans son palais;

Ils vont bientôt, Madame, expier leurs forfaits.

De Rome et de Paris ce sont les émissaires,

Ballard et Babington, nos fougueux adversaires,

Dont je vous ai tantôt dénoncé les desseins,

Dans un tableau de sang eux-mêmes se sont peints.

L'ambassadeur français fait parler sa patrie,

Le nom seul de Norfolck échauffe la furie

D'un peuple soulevé, saintement factieux,

Qui dans ses attentats voit la cause des cieux.

NORFOLCK.

Stuard est libre enfin !

ÉLISABETH.

Que ma garde l'arrête.

(*Walsingham sort.*)

SCÈNE IV.

ÉLISABETH, NORFOLCK.

NORFOLCK.

Quand je suis votre otage et vous livra ma tête ?

De mes jours abhorrés brisez l'affreux lien.

ÉLISABETH.

C'est au cœur de Stuard qu'il faut frapper le tien.

NORFOLCK.

O ciel ! vous me rendez l'instrument de sa perte !
Moi ! moi, de qui la vie à vos coups s'est offerte
Pour assurer ses jours et sa tranquillité,
Je replonge Stuard dans la captivité !
Si ma présence a pu la rendre criminelle,
Mon sang est-il trop vil pour vous répondre d'elle ?

ÉLISABETH.

Oui, vous m'en répondrez, et ces ambitieux,
Comme vous de mon trône ennemis factieux.
Que m'importent les cris d'un peuple qui menace,
Et d'un ambassadeur la sacrilége audace ;
Mon cœur d'aucun effroi ne se sent point pressé :
Je n'ai qu'à me montrer, le péril est passé.

NORFOLCK.

Vous ne craignez donc point que l'Écosse et la France,
Et que tous mes amis n'opposent leur défense ?

ELISABETH.

Tous tes amis ici viendraient se rassembler,
Je suis Elisabeth, c'est à toi de trembler.

SCÈNE V.

ÉLISABETH, WALSINGHAM, NORFOLCK.

WALSINGHAM.

Quand la reine d'Ecosse, interdite, étonnée,
Par la garde à ma voix s'est vue environnée,
Dans le trouble mortel qu'elle éprouva soudain,
Madame, elle n'a pu voir tomber de son sein
Cet écrit qui, caché dans l'ombre du mystère,
Semble de nos soupçons redouter la lumière ;
Je dérobe et saisis cette lettre à l'instant,
Qui peut-être renferme un secret important.

ÉLISABETH.

Une lettre ! donnez.....

(*A la Reine d'Ecosse, ne prononçant que les derniers
mots de la lettre.*)

« Régnez sur cet empire !
» Vous armez notre bras, bientôt la Reine expire. »

WALSINGHAM.

De ses gémissements ces remparts sont remplis ;
Elle vient jusqu'à vous faire entendre ses cris.

SCÈNE VI.

ÉLISABETH, WALSINGHAM, MARIE, NORFOLCK.

NORFOLCK.

Dieu ! quel moment !

MARIE, *conduite par des gardes accourant.*

Je suis par votre ordre arrêtée !
Qu'ai-je donc fait pour être en coupable traitée?
A cette indignité votre cœur se résout.
Je venais vous instruire; apprenez....

ÉLISABETH.

Je sais tout.

MARIE.

Oui, malgré la fureur que mon nom vous inspire,
Madame, auprès de vous je viens ici vous dire
Que je respecterai votre prospérité,
Que vos destins, vos jours seront en sûreté;
Que si des bras armés pour terminer mes peines
Voulaient verser le sang qui coule dans vos veines,
J'irais, je vous le jure, en bravant tous leurs coups,
Moi-même me jeter entre la mort et vous.

(*Apercevant Norfolck.*)

Ciel ! Norfolck ! il respire, et la mort m'environne !

Je vous offre des fers au lieu d'une couronne !

NORFOLCK.

Devant Élisabeth, je jure à vos genoux,
Oui, je jure de vivre et de mourir pour vous.

MARIE.

Je ne vous parle plus de ma triste infortune,
Pour un autre que moi ma voix vous importune ;
Oubliez le devoir de soulager mes maux
Pour ne vous occuper que des jours d'un héros.
L'excès de mes malheurs emporta trop son zèle.

ELISABETH.

Son zèle, il vous sied bien de vanter un rebelle
Alors que vous devez ne trembler que pour vous,
Quand vous allez sentir le poids de mon courroux :
La foudre va tomber... Qui ?... moi, que je pardonne !
Vos vœux ont dévoré ma vie et ma couronne.
Ce n'est pas aujourd'hui pour la première fois
Que vous avez voulu verser le sang des rois.
Dans mes bras, dans mon cœur il n'est plus de refuge,
Madame ; c'est enfin le sénat qui vous juge.

MARIE.

Une Reine !

ÉLISABETH.

Abjurez des titres superflus.

Jadis vous étiez Reine, et vous ne l'êtes plus.

MARIE.

Qui peut donc effacer ce sacré caractère?

ÉLISABETH.

Des forfaits dont l'horreur épouvante la terre!

MARIE.

Des forfaits!....

ÉLISABETH.

Vous avez massacré votre époux!

MARIE.

Devant moi vous osez...

ÉLISABETH.

On les connaîtra tous

Vos nouveaux attentats.

MARIE.

Dieu!

ÉLISABETH.

Je suis votre Reine.

MARIE.

Qui? vous, de Henri Huit l'héritière incertaine!

Je vous reconnais, vous, dont la fausse bonté

Caressant mon espoir et ma crédulité,

Me poussa pas à pas dans le fond de l'abîme,

Vous qui déshonorez votre faible victime;

Je ne m'abaisse point à l'opprobre nouveau

De me justifier aux pieds de mon bourreau.

O ciel! vous me juger! Elisabeth, vous née

Pour m'obéir aux lieux où je suis enchaînée!

Je ne m'en défends point, dans Londres plus d'un bras

M'offre dans ce moment vos jours et vos états.

Madame, au moindre mot sachez que votre tête

De mon ressentiment eût été la conquête.

J'ai refusé ce don : mes pareils sont trop grands

Pour marcher avec vous sur les pas des tyrans.

Je vais donc, épuisant votre rage éternelle,

Devant un tribunal paraître en criminelle.

Eh! bien, j'y déploîrai la majesté des rois

En présence du ciel, en présence des lois ;

Et mes revers, mon nom, le cri de l'innocence,

Des vertus, du malheur, l'imposante éloquence,

Plus forts que l'imposture et plus puissants que vous ,

De votre autorité repousseront les coups.

Stuard dont votre main a brisé la couronne ,

Est Reine dans les fers: qu'êtes-vous sur le trône ?

                                        (*Elle sort.*)

SCÈNE VII.

ÉLISABETH, NORFOLCK, WALSINGHAM.

NORFOLCK.

Quel est donc ce forfait dont on veut la noircir?

ELISABETH.

De l'ombre qui le cache il va bientôt sortir.
Vous l'apprendrez : vous-même, abaissant votre audace,
Méritez à mes pieds d'obtenir votre grâce.

NORFOLCK.

Ma grâce !

ELISABETH.

Vous serez maître de vos destins.
Je ne me venge point : jugez si je vous crains !
Mais toujours sur vos pas sera ma vigilance ;
J'entendrai vos discours, même votre silence.

NORFOLCK.

Je ne redoute rien : je sais, fier de mes droits,
Que les lois dans ces lieux sont au-dessus des Rois.

(Il sort.)

SCÈNE VIII.

ÉLISABETH, WALSINGHAM.

ÉLISABETH, *lui donnant la lettre.*

Lisez.

WALSINGHAM, *après l'avoir lue.*

O trahison !

ÉLISABETH.

Pour prix de ma clémence ,
Avec des assassins elle est d'intelligence.

WALSINGHAM.

C'était peu que Norfolck de Stuard fût l'appui ,
Il devait en secret l'épouser aujourd'hui.

ÉLISABETH.

Qui ? lui !

WALSINGHAM.

Philippe veut descendre en ces contrées ;
Rome lui vend l'appui de ses armes sacrées ;
Rome qui, trafiquant de la foi des sujets ,
Les délie à son gré des serments qu'ils ont faits ,
D'une bulle insolente a frappé cette terre,
Et veut vous arracher le sceptre d'Angleterre.

ÉLISABETH.

Qu'on dépouille Stuard de ce reste d'honneurs

Qui rappellent encor ses antiques grandeurs,

Et qu'au fond de la tour, de ses fers elle apprenne

Qu'une grande coupable a cessé d'être Reine.

Cette lettre au sénat fera parler les lois;

Je vous y suis bientôt, qu'il s'assemble à ma voix;

Aux efforts de l'Espagne, aux intrigues de Rome,

J'opposerai le bras et le cœur d'un grand homme.

(Walsingham sort.)

SCÈNE IX.

ÉLISABETH , *seule*.

Il ne se fera pas cet hymen plein d'horreur !

J'ai fait taire l'amour dans le fond de mon cœur.

Une larme, un soupir eût trahi ma tendresse.

Un soupir !... mon cœur seul doit savoir ma faiblesse.

Femme hautaine, eh! bien, tu vas les expier

Ces affronts que l'orgueil ne saurait oublier.

Sur ta tombe en ces lieux j'affermis ma puissance;

Ton crime commença le jour de ta naissance.

N'as-tu pas des Anglais insultant les regards,

N'as-tu pas sous les lis courbé les léopards ?

Tu voulus, flétrissant et mon règne et ma vie,

A tes droits usurpés me tenir asservie,

Lorsqu'à tes ennemis je peux t'abandonner,

Au milieu de ma cour tu veux m'assassiner !

Tu mourras!.... Mais ces rois juges de ma querelle,

Et la postérité, souveraine éternelle,

Vont dire que livrer Stuard au fer des lois,

C'est oser ébranler tous les trônes des rois.

Ils diront tous plutôt qu'une femme perfide

Paya sa liberté d'un affreux parricide !

Le sénat va juger un si grand attentat :

Cette cause est la sienne et celle de l'État.

FIN DU TROISIÈME ACTE.

ACTE IV.

*Le Théâtre représente la Salle du premier acte,
où sont placés des siéges pour les membres du
Parlement. Un trône est au fond.*

SCÈNE Irᵉ.

ÉLISABETH, L'Ambassadeur de France.

L'AMBASSADEUR.

Qu'ai-je entendu ? Madame, on dit que la vengeance
Va commander aux lois d'égorger l'innocence ;
On dit que le sénat, profanant son devoir,
A du ciel en ce jour usurpé le pouvoir :
En immolant Stuard qui ne peut se défendre,
C'est votre propre sang que vous allez répandre.
Avez-vous oublié qu'un crime inattendu,
Lui seul peut effacer un siècle de vertu ?
Non, il n'est pas permis à votre ame ulcérée
De souiller d'un grand nom la dignité sacrée.

5

ÉLISABETH, *l'interrompant.*

Quoi ! vous osez....

L'AMBASSADEUR.

L'arrêt dont la haine a besoin,
Aura le monde entier pour juge et pour témoin.
Et tous les potentats, et Philippe et mon maître,
Le monarque écossais, et vos amis, peut-être,
Qu'également ici vous voulez offenser,
Vous redemanderont le sang qu'on va verser.
Du pied de l'échafaud où victime innocente,
Stuard inclinera sa tête obéissante,
De l'indignation le cri sera porté
Au tribunal des rois et de l'humanité.
Moi, leur représentant, serai-je en cet asile
D'un affreux attentat spectateur immobile ?
Et mon lâche silence, et ma vile terreur,
Encourageront-ils le bras de l'oppresseur ?
Moi, qui d'une princesse appuyant l'espérance,
En triomphe voulais la ramener en France !
Au Louvre épouvanté je ne rapporterai
Que les restes sanglants d'un corps défiguré ;
Et je dirai : j'ai vu cet échafaud infâme,
Oui, des jours de Stuard j'ai vu trancher la trame !
Tant qu'un ambassadeur sera dans vos états

Cette scène d'horreur ne s'achèvera pas.

ÉLISABETH.

On commet contre moi l'action la plus noire.

Qui pourrait aujourd'hui m'accuser?

L'AMBASSADEUR,

Votre gloire.

ÉLISABETH,

Je ne m'offense point de ce hardi discours,

J'aime la liberté qui parle dans les cours,

Sa courageuse voix se fait entendre à Londre.

Dans ces lieux toutefois je pourrais vous répondre

Que l'orgueilleux soutien du parti des Stuards,

Guise fait à Sussex flotter ses étendards,

Prêt à me susciter d'éternelles alarmes.

On prétend qu'un Français veut appeler ses armes,

Qu'il veut.... Je ne crois pas qu'un vil conspirateur

Se couvre impunément du nom d'ambassadeur;

Qu'au milieu de la paix, ministre de la guerre,

Profanant dans ma cour son sacré caractère,

Il ose, méditant les plus affreux forfaits,

Briser tous les liens des rois et des sujets;

Et si je le croyais d'un attentat capable,

Du fond de son asile où se cache un coupable,

J'irais sans outrager la majesté des rois,

5..

L'arracher, l'enchaîner et le livrer aux lois :
Puisqu'ici l'on répand que votre main hardie
De la rébellion attire l'incendie,
Il ne m'est pas permis dans ce moment d'effroi
De vous voir plus long-temps rester auprès de moi.

L'AMBASSADEUR.

On ne conspire point alors que sans mystère,
Exerçant librement le plus saint ministère,
On dit aux rois : soyez l'appui des malheureux,
Leur cacher leurs devoirs, c'est conspirer contr'eux.
Le nom de Fénélon, mon caractère auguste,
Que relève à mes yeux la cause la plus juste,
Pour la première fois ne seront point flétris.

ÉLISABETH.

Retournez sans délais aux remparts de Paris.

L'AMBASSADEUR.

Les rois n'ont-ils donc pas aussi leur conscience ?

ÉLISABETH.

Je ne dois qu'à Dieu seul compte de ma puissance.

L'AMBASSADEUR.

Je ne sortirai point, Madame, de ces lieux,
Qu'on n'ait vengé Stuard d'ennemis furieux.
Le peuple, quand ce glaive est levé sur sa tête,
Oui, le peuple pleurant sur sa mort qui s'apprête,

Accourant à grands flots jusques dans ce palais,
Vous reproche déjà le plus grand des forfaits ;
Fénélon devant vous représente la France,
La France va crier ou justice ou vengeance.

———————

SCÈNE II.

ÉLISABETH, *seule.*

La voix de ce Français, et Londres dans les pleurs,
Le sénat divisé, d'importunes clameurs,
Tout, malgré mon pouvoir, de trouble m'environne.
Je crains ma prisonnière et tremble sur mon trône.

———————

SCÈNE III.

ÉLISABETH, Membres du Parlement.

ÉLISABETH.

Conservateurs du sceptre et de la liberté,
En qui du peuple Anglais brille la majesté,
C'est ici que bientôt seule avec la justice,
Il faut qu'à ses décrets une Reine obéisse.

Vous jugerez Stuard qui naquit de mon sang,
Et comme moi, jadis assise au premier rang;
Peut-être son malheur la rend seul criminelle;
Ne pensez qu'à l'État, oubliez ma querelle:
Quand la nécessité vous contraint de punir,
Vos cœurs comme la loi ne savent point haïr.
C'est à votre équité que mon cœur s'abandonne;
Et pour vous y placer je descendrai du trône.
Un autre soin m'occupe et m'amène en ces lieux:
On dit que m'enviant un règne glorieux,
Philippe va lancer sur ces rives paisibles
Des vaisseaux que l'orgueil a nommés invincibles.
Si tous mes ennemis, rassemblant leurs soldats,
Franchissent l'Océan qui garde mes états;
De mon sexe faisant oublier la faiblesse,
Égalant mon courage au péril qui vous presse,
Vous me verrez, Anglais, partageant votre sort,
Chercher aux premiers rangs la victoire ou la mort,
Et d'un glaive chargeant cette main aguerrie,
Vous montrer votre roi qui sauve la patrie.

SCÈNE IV.

Les Mêmes, NORFOLCK.

Il est décoré de l'ordre de la Jarretière.

ÉLISABETH,

Norfolck ! et par vous seul cet asile est troublé !
Que voulez-vous ?

NORFOLCK.

M'asseoir au sénat assemblé.

ÉLISABETH.

Noirci par un forfait, vous osez téméraire
Devant moi.... Qu'êtes-vous ?

NORFOLCK.

Je suis pair d'Angleterre,
Citoyen en ces lieux. Tout citoyen est roi,
Et la loi qu'on invoque est muette sans moi.

ÉLISABETH.

La loi vous désavoue et même vous condamne ;
Et c'est vous qui voulez en être encor l'organe ?

NORFOLCK.

Par un ordre barbare on peut m'assassiner :
Quel homme plus hardi pourrait me condamner ?

ÉLISABETH.

Après avoir regardé toute l'assemblée.

Des noms les plus sacrés quand son audace abuse,

Il n'est pas un Anglais dont la voix ne l'accuse.

NORFOLCK.

M'accuser ! De Stuard j'ai partagé le sort ;

Pour terminer ses maux je braverai la mort.

J'embrasse avec transport une cause si belle,

Je veux me dévouer et m'immoler pour elle.

Que la Reine aujourd'hui daigne se souvenir

Que du fond de la tour mon bras la fit sortir ;

Qu'environnant son front de la splendeur première,

Entre elle et sa prison je mis une barrière.

Et Stuard dans les fers traînant ses tristes jours,

Verrait seule mon bras avare de secours !

On l'attaque en secret ! A Londres la justice

Du plus fort qui commande est-elle la complice ?

Sommes-nous dans ces lieux où de lâches bourreaux

Du maître qui les paie, exécrables suppôts,

Pour frapper, s'enfermant dans la nuit du mystère,

Aiguisent le couteau du pouvoir arbitraire ?

Non, la justice ici, comme la vérité,

Doit à tous les regards déployer sa clarté ;

Quand la loi se trompant en cherchant sa victime,

Quelquefois elle-même a pu commettre un crime,
Lorsqu'un arrêt inique accabla l'innocent,
Un seul juge équitable était peut-être absent.
Ah ! puisqu'en Angleterre où le ciel me fit naître,
Le dernier des mortels n'a que la loi pour maître :
De ce titre sacré qui peut me détacher ?
De la place où je suis qu'on vienne m'arracher !

ÉLISABETH, *se levant.*

Le sénat vous rejette, et cet être coupable....
Sortez.

NORFOLCK.

Eh ! je croyais ce temple inviolable !
Quel exemple, Madame, et quels droits donnez-vous
Aux Anglais dégradés qui sont à vos genoux !
Vos sujets, assassins d'une Reine étrangère,
Pour massacrer leurs Rois n'ont plus qu'un pas à faire.

ÉLISABETH.

Sortez !.....

NORFOLCK.

Mais libre encor, j'ai droit de protester
Contre tout jugement qu'ici l'on va porter.

ÉLISABETH.

Qu'on le mène à la tour.

NORFOLCK. *Des gardes le saisissent.*

Quoi! jusqu'en cette enceinte
Des hommes, des Anglais pâlissent tous de crainte !
On m'y donne des fers! voilà comme des Rois,
Cherchant la vérité, répondent à sa voix !.....

ÉLISABETH.

Qu'on l'entraîne !
(*Elle descend du trône ; les Gardes emmènent Norfolck.*)

SCÈNE V.

ÉLISABETH, LES MEMBRES du Parlement.

ÉLISABETH.

C'est vous, vous seuls que l'on offense.
Vous avez entendu sa superbe arrogance
Fatiguer trop long-temps ce temple de la loi ;
Elle n'a pu m'atteindre et monter jusqu'à moi.
De haute trahison il s'est rendu coupable.
Un membre du sénat n'est point inviolable
Quand lui-même il n'est plus qu'un citoyen pervers :
Je répondrai de tout aux yeux de l'Univers.

(*Elle sort.*)

SCÈNE VI.

Le Parlement, WALSINGHAM, LEYCESTER.

(Plusieurs lettres sont placées sur une table.)

WALSINGHAM.

Les voilà devant vous : voyez ces caractères,
D'un forfait évident sanglants dépositaires.
Vous armez notre bras ! ces mots vous font frémir....
Nous allions aujourd'hui voir la Reine périr !
Du meurtre d'un époux encor toute souillée,
C'est Stuard, de l'Ecosse et du monde exilée,
Stuard qu'en cette cour accueillit la bonté,
Qui trahit et l'honneur et l'hospitalité,
Et qui, s'enveloppant de ruse et d'artifice,
A tourné le poignard contre sa bienfaitrice !
Les témoins ont tout dit. Anglais, qui parmi nous
Voudrait de la justice enchaîner le courroux ?
Stuard attend qu'ici votre ordre l'introduise.

(L'assemblée approuve d'un signe.)
(Aux gardes.)
Allez, que l'accusée en ces lieux soit admise.

SCÈNE VII.

LES MÊMES, MARIE.

MARIE.

Devant vous aujourd'hui qui m'appelle?

WALSINGHAM.

Nos lois.

MARIE.

Vos lois! me dites-vous? sur moi quels sont leurs droits?
Je suis Reine. Voyez tout le cortège immense
De ces grands souverains dont je tiens la naissance,
S'indigner de me voir jusques dans leur palais
Courber un front royal aux pieds de leurs sujets.
Je suis Reine toujours.

WALSINGHAM.

L'orgueil de tous vos titres
Ne saurait vous soustraire aux lois vos seuls arbitres.
La Reine vous soumet à leur autorité.

MARIE.

Je marche son égale en mon adversité.

WALSINGHAM.

La Reine vous servit.

MARIE.

Et moi, je l'ai sauvée !

WALSINGHAM.

La France arme pour vous, l'Espagne est soulevée.

MARIE.

De Paris, de Madrid j'implorai la faveur
Pour défendre mon nom, en conserver l'honneur.
On m'impute à forfait, dans ma douleur profonde,
Les regrets de la France et les larmes du monde.

WALSINGHAM.

Vous vouliez renverser et le trône et l'État,
Frapper Élisabeth par un assassinat.

MARIE, *avec indignation.*

Un assassinat ! moi, quel titre légitime
M'accuse ?

WALSINGHAM, *lui montrant une lettre.*

Cet écrit.

MARIE, *après l'avoir lu.*

Ma gloire fait mon crime !
Cette lettre on l'arrache à mes tremblantes mains ;
On arme contre moi mes généreux desseins !
Un assassinat !... moi !... j'aurais pu.... cette lettre....

Aux mains d'Élisabeth je courais la remettre,

J'y courais à grands pas, lorsque sa cruauté

Enchaîna malgré moi ma générosité.

Et mon consentement, qui le prouve et l'annonce ?

Montrez-le moi.

WALSINGHAM , *lui montrant des lettres copiées par ses secrétaires.*

Lisez , voilà votre réponse.

MARIE.

Je ne la connais point. Qui pour moi l'écrivit ?

WALSINGHAM.

Deux de vos serviteurs.... Carle et Naw m'ont tout dit.

MARIE.

Eux me calomnier ? ô comble du parjure !

Un seul de mes regards confondra l'imposture.

Qu'ils viennent ! qu'ils me soient confrontés tous les deux.

WALSINGHAM.

Non, la loi leur défend de paraître en ces lieux.

Trois conjurés ont dit : Stuard est criminelle.

MARIE.

Je les verrai du moins ; ici je les appelle...

Où sont-ils ?...

WALSINGHAM.

Dans la tombe.

MARIE.

Et la tombe avec eux

M'ôte le seul appui qui reste aux malheureux....

Prisons qui m'enfermant dans le fond d'un abîme,

Entendîtes vingt ans ma plainte légitime;

Tombeaux de mes aïeux, dont le pieux aspect

A mes persécuteurs imprime le respect;

Religion divine, autels que ma présence

Ne profana jamais des vœux de la vengeance;

Berceau de mon enfance, et vous temple des lois,

Parlez en ma faveur, élevez votre voix !

Tout se tait dans ces lieux, nul ne prend ma défense;

Tout se tait, ma voix meurt dans un vaste silence....

Je n'ai pas un ami dont j'obtienne un soupir,

Un ami qui me plaigne et qui m'aide à mourir....

Hélas ! qui du tombeau m'adoucira l'entrée ?

De tous mes ennemis je me vois entourée.

Du monde abandonnée, à toi seul j'ai recours,

O Dieu des opprimés ! je te livre mes jours.....

Tous les Rois devant toi ne sont qu'une ombre vaine;

Ne vois que l'infortune au pouvoir de la haine !

Au nom de la vertu qu'insultent les tyrans,

Grave la vérité dans mes regards mourants;

Touché des cris qu'élève une voix gémissante,

Prouve à tout l'univers que je meurs innocente!...

LEYCESTER, *à part.*

De ces tristes accents mon cœur est déchiré !

MARIE.

(*Plusieurs membres témoignent de l'émotion.*)

Quoi! mes juges cruels ont eux-mêmes pleuré ?
O moment solennel et d'horreur et de charmes!
Laissez-moi le bonheur de voir couler vos larmes.
Je triomphe de vous. Je vous dis en ce lieu
Ce que dans un moment je vais redire à Dieu :
Je ne suis point coupable, achevez votre ouvrage.
Il me reste un dernier, un bien cher avantage :
C'est d'être malgré vous au-dessus de mon sort,
Et de vous pardonner le crime de ma mort.

WALSINGHAM.

Vous saurez votre arrêt. Dans la salle prochaine,
C'est l'ordre du sénat, gardes, qu'on la ramène.

SCÈNE VIII.

Les Mêmes, LEYCESTER.

LEYCESTER, *se levant.*

Je lis son innocence écrite en ses douleurs ;
Je la vois, je la sens dans le fond de nos cœurs.
Ah ! c'est assez de maux dont elle est poursuivie ;
O mes concitoyens ! qu'on la rende à la vie !
Avez-vous entendu ce cri victorieux,
Ce cri du désespoir, monté jusques aux cieux ?
Avez-vous vu couler ces éloquentes larmes
Qui de la vertu même embellissent les charmes ?
Le spectacle touchant de son adversité,
Ce courage si grand , cette noble fierté,
Le rempart d'un cœur juste à l'instant qu'on l'opprime,
Parlez.... les croyez-vous les attributs du crime ?

WALSINGHAM.

Les attributs du crime !... ils sont ici tracés.

LEYCESTER.

Tous ceux de la vertu vous les méconnaissez.

WALSINGHAM.

Voyez le fer levé sur notre souveraine.

6

LEYCESTER.

Voyez le fer barbare aiguisé par la haine !
Défendez tous Stuard, amis des malheureux,
Qu'il soit encor des cœurs justes et généreux!

SCÈNE IX.

Les Mêmes, un Officier du Palais.

UN OFFICIER DU PALAIS, *entrant.*

La Reine en ce moment ordonne de suspendre
Le solennel arrêt que le sénat doit rendre.

LEYCESTER , *avec transport.*

Quel jour pour l'innocence et pour l'humanité !
Que le cri du malheur partout soit répété.
Ces murs n'entendront point un arrêt sanguinaire;
Il déshonorerait notre saint ministère ;
Le ciel secondera mes généreux desseins,
Et le sang innocent ne teindra point nos mains.

FIN DU QUATRIÈME ACTE.

ACTE V.

Le théâtre représente la Tour de Londres.

SCÈNE Iʳᵉ.

STANLEY, MARIE, *endormie.*

STANLEY, *regardant Marie.*

Quand malgré son bonheur ici le crime veille,
Calme dans ses revers l'innocence sommeille.

MARIE, *se réveillant.*

Mes yeux par le sommeil se sont laissés couvrir,
Et j'ai voulu, Stanley, m'essayer à mourir.

STANLEY.

C'est en vain qu'un sénat qui se dit votre maître
A ses pieds orgueilleux vous força de paraître;
Il ne commettra point le plus affreux forfait.
Au sortir du conseil, la fière Elisabeth
Se dérobe à sa cour, seule et pour tout cortège,
N'ayant que le regret, que l'effroi qui l'assiège;
Elle sort tout-à-coup d'un long accablement;
Votre nom de sa bouche échappe à chaque instant;

Les remords plus avant dans son ame descendent ;

Ses yeux sont étonnés des larmes qu'ils répandent.

Reine, votre infortune a fatigué le sort,

Cessez de vous couvrir des ombres de la mort.

MARIE, *d'une voix éteinte.*

La mort, c'est tout mon bien, et d'un regard tranquille

Bientôt je vais entrer dans mon dernier asile.

Amie, un échafaud après tant de malheurs,

Voilà comme finit le songe des grandeurs !

D'innombrables revers quelle chaîne accablante

Enveloppe à mes yeux ma famille expirante ?

Hélas ! il suffit donc pour être infortuné,

D'être au nom de Stuard en naissant condamné !

Deux siècles mes aïeux sous un astre inflexible

Ont payé le tribut d'un malheur invincible :

L'un meurt assassiné, sa femme dans ses bras,

Les autres sont tombés dans le champ des combats.

Et moi ! si de mon sang le déplorable reste

Héritait après moi de mon destin funeste....

Grâce ! grâce ! ô mon Dieu ! pour ma postérité,

Et que sur mon tombeau ton bras soit arrêté.

Et Norfolck ?.... Ah ! peut-être...

STANLEY.

En cette tour horrible

Lui-même il fut jeté, victime incorruptible

De son amour pour vous et du plus saint devoir.

Il est auprès de vous sans que vous puissiez voir

Ce héros à la gloire, à vos malheurs fidèle.

Jusqu'au dernier soupir il vous prouve son zèle ,

Et sacrifira tout pour attester sa foi.

Vous ne le verrez plus.

MARIE.

Il meurt ici pour moi.

D'un voile plus affreux la nuit encor se couvre.

Quel bruit me frappe? on vient... c'est ma tombe qui :

SCÈNE II.

MARIE, STANLEY, MELVIL,

Amenant les Écossais de la maison de Marie Stuard,
en habit de deuil.

MARIE, *courant vers la coulisse.*

Ministres de la mort , venez, je vous attends!...

Mes tristes serviteurs , dans ces affreux moments!

Mes tyrans adoucis souffrent que je vous voie...

Aux horreurs de mon sort venez mêler la joie.

MELVIL.

Au lieu de notre sang qui dut couler pour vous,

Nous vous offrons les pleurs que nous répandons tous.

MARIE.

A-t-on réglé mon sort?

MELVIL.

     Un sénat homicide

Où le fier Walsingham insolemment préside,

Par l'ordre de la Reine un moment suspendu,

Nous rendait cet espoir que nous avions perdu.

Mais bientôt rallumant dans une âme hautaine

L'horrible jalousie et l'implacable haine ,

Il a porté l'arrêt qui cause nos douleurs.

La Reine cependant en proie à ses terreurs,

Prête à vous immoler commande qu'on diffère

Le plus grand des forfaits qu'ait commis l'Angleterre.

Si pour vous délivrer on tente quelqu'effort,

Elle a dit, cet instant est l'instant de sa mort.

MARIE , avec chaleur.

Combien votre pitié, votre zèle m'honore !

Je vous vois , vous entends , amis, je règne encore.

Un rayon de bonheur vient consoler mes yeux,

Le dernier de mes jours sera le moins affreux.

Priez Elisabeth , au nom de la tendresse

Dont son âme autrefois honora ma jeunesse ;

Au nom de Henri Sept, de ses nobles aïeux ,

De qui le nœud sacré nous unit toutes deux,

De vous permettre à vous, qui partagez ma peine,

D'accompagner, de voir expirer votre Reine.

Dites que bénissant un injuste trépas,

Succombant sous ses coups, Stuard ne la hait pas.

D'un malheur inouï renaissante victime,

Mon cœur ne peut haïr, même quand on m'opprime.

Et lorsque dans vos cœurs emportant mes adieux,

Vos consolantes mains m'auront fermé les yeux,

Demandez que ma cendre en ces lieux étrangère,

En France soit unie à celle de ma mère.

Sous le ciel de l'Écosse, auprès de mon berceau,

Hélas! je ne dois point obtenir un tombeau,

Et ma religion qu'on brave, qu'on exile,

Sur des bords profanés n'a pas même un asile!

Vous, loin de ces remparts rendus à mon pays,

Défendez en mon nom la vengeance à mon fils.

Le bonheur de l'Ecosse et celui de la France

Seront mon dernier vœu, ma dernière espérance.

Adieu, mon cher Melvil.

MELVIL.

Ici nous mourrons tous.

À nos concitoyens que raconterions-nous?

Leur dirions-nous : « Nos yeux ont vu le fer du crime

Dans notre souveraine égorger sa victime. »

Dirai-je à mes enfants : « Je n'ai donc tant vécu

Que pour voir immoler la gloire et la vertu ? »

O de mes cheveux blancs horrible destinée !

Pourquoi n'ai-je pas vu ma dernière journée ?

MARIE, *à part.*

Leurs larmes, leurs sanglots me déchirent le cœur.

(*Haut.*)

Vous me pleurez..... Je touche au terme du malheur.

Vous direz, mes amis, qu'au bout de sa carrière,

De tant de souverains vous vîtes l'héritière

De deux trônes tombée au fond d'une prison,

Mourir inébranlable en sa religion.

(*Avec attendrissement.*)

Mon fils que je te plains ! la mort me serait chère

Si je ne sentais pas des entrailles de mère.

(*A Stanley.*)

Prends ce voile, tes mains à mes derniers moments

Le laisseront tomber sur mes yeux expirants.

STANLEY.

Moi, jamais !

MARIE.

Je le veux. Stanley, qu'il te souvienne

De le garder toujours comme un don de ta Reine.

Si j'ai dans mes malheurs un moment oublié

Votre zèle constant, votre tendre amitié,

C'est au fond de mon cœur qu'en ce jour je l'expie,

J'en demande pardon, à vous, à ma patrie.

(*Tendant les bras aux Écossais.*)

Embrassez-moi.... J'entends l'apprêt de mon trépas.

Approchez, mes amis, et ne me quittez pas.

O Norfolck !

(*Les Écossais entourent leur Reine, et se jettent à
ses pieds.*)

SCÈNE III.

Les Mêmes, NORFOLCK, *suivi d'une troupe armée.*

NORFOLCK.

Je suis libre ! ici malgré la Reine

Ces nobles défenseurs ont fait tomber ma chaîne.

Vos jours, puisque je vis, seront en sûreté.

MARIE, *à part.*

S'il savait....

NORFOLCK.

De douleur, de fureur transporté,

Des gardes attendris j'ai séduit les cohortes ;

De cette tour horrible on va briser les portes.

Dans l'ombre de la nuit mes desseins sont plus sûrs.

Mon parti qui frémit est au pied de ces murs ;

Madame, il est tout plein de votre renommée,

Le grand nom de Stuard est plus fort qu'une armée.

Venez, venez régner ; Madame, dans ce jour,

Il faut choisir le trône ou cet affreux séjour.

Quel choix avez-vous fait ?

MARIE.

De souffrir et d'attendre.

NORFOLCK.

C'est de moi qu'aujourd'hui votre sort va dépendre !

MARIE.

En fuyant avec vous, dois-je précipiter

Le coup que, loin de moi, vous pouvez éviter ?

Pourquoi multiplier mon infortune affreuse ?

Si je meurs seule ici, je meurs moins malheureuse.

Que le pouvoir cruel dont je subis la loi

Respecte vos vertus et s'épuise sur moi !

Ah ! n'empoisonnons pas d'un sentiment funeste

Le seul moment, hélas ! qui peut-être nous reste.

NORFOLCK.

Le seul !....

MARIE.

Oui, cette nuit va terminer mon sort.

J'apprends que le sénat me condamne à la mort.

Elisabeth tenant la fatale sentence,

Va soudain la signer, si pour ma délivrance

On fait dans ma prison un pas, un mouvement.

Norfolck! la voyez-vous qui signe en ce moment?

C'est de vous que j'attends l'exemple du courage.

NORFOLCK.

Je ne puis contenir mon désespoir, ma rage.

Je vois votre échafaud, et vous ne voulez pas

Que mon bras aujourd'hui vous arrache au trépas?

Au nom de votre fils, au nom de ma tendresse,

Voyez mes pleurs, voyez le chagrin qui m'oppresse.

MARIE, *attendrie.*

C'est plus que de mourir.....

NORFOLCK, *tirant son épée.*

Abandonnez ces lieux,

Ou de ce fer soudain je me frappe à vos yeux....

MARIE, *arrête Norfolck.*

N'écoutez que moi seul. Amis, marchons....

(*Ils s'avancent pour sortir, et Norfolck a l'épée à la main.*)

SCÈNE IV.

Les Mêmes, ÉLISABETH, Gardes.

(*Tous les Anglais du parti de Norfolck sont enveloppés.*)

ÉLISABETH, *arrachant à Norfolck son épée.*

Arrête !

Tes efforts seraient vains...... ton supplice s'apprête !

NORFOLCK.

Je n'ai pu la sauver !...

MARIE, *à Élisabeth.*

Dieu va m'ouvrir ses bras !

Voilà mes serviteurs ! Madame, à mon trépas

Que leurs soins si touchants puissent prêter des charmes !

Dans mes derniers moments accordez-moi leurs larmes.

NORFOLCK.

Je n'ai pu la sauver ! Tranche mes jours, grand Dieu !

Et conserve les siens !

MARIE, *s'arrachant des bras de Norfolck.*

Je vais mourir..... adieu.....

NORFOLCK, *s'élançant au milieu des gardes qui lui ferment*
le passage.

Je ne le reçois point cet adieu qui me tue.

Où la conduisez-vous ? Que j'expire à sa vue !

(*Marie est emmenée par les gardes.*)

SCÈNE V.

ÉLISABETH, NORFOLCK, Gardes.

NORFOLCK, *avec le cri de la fureur.*

On va l'assassiner !.... ô quel spectacle affreux !
Et vous régnez..... Les Rois sont-ils toujours heureux ?
Pouvez-vous oublier, ô Reine d'Angleterre !,
Qu'ici de votre sœur vous fûtes prisonnière ?
Eh ! quel crime veut donc frapper votre courroux ?

ÉLISABETH.

Un forfait inouï qui les réunit tous.
Lorsqu'à son tribunal l'Angleterre l'appelle,
Stuard prouve en fuyant qu'elle était criminelle.

NORFOLCK.

Sa fuite !...., c'est moi seul, c'est moi, sans son aveu,
Qui de la délivrer avais conçu le vœu.
Lorsque la calomnie en ce jour l'environne,
Sous le couteau mortel elle est calme et pardonne....

(*Après une pause.*)

Elle ne mourra point : un sang si précieux
Ne teindra point le trône où brillaient ses aïeux ;
Ses aïeux sont ici : Rois, auguste famille,

Sortez de vos tombeaux, défendez votre fille !

Frémissez, frémissez..... c'est la main de Stuard

Qui de vos assassins arrèta le poignard !

Vous lui devez vos jours....

ÉLISABETH, sans le regarder.

Exécrable imposture !.....

Quand j'ai de son forfait la preuve la plus sûre....

(En lui montrant une lettre.)

La voilà !....

NORFOLCK, avec un débit très rapide.

Cette lettre est tombée en ses mains !

Votre chute terrible eût changé ses destins ;

Elle allait vous porter cette lettre homicide.

A force de vertus, passant pour parricide,

Elle même a voulu veiller sur votre sort :

Le plus grand des bienfaits la conduit à la mort !

Dieu m'entend..... que sur moi l'éternelle justice,

Si j'ai pu vous tromper, tombe et m'anéantisse.

ÉLISABETH, troublée.

Vous me trompez.

NORFOLCK.

C'est vous qui trompez votre cœur.

Écoutez.....

ÉLISABETH.

Laissez-moi.

NORFOLCK.

Que le cri du malheur,

Le cri du sang plus fort vous touche et vous désarme.

N'ai-je pas de vos yeux vu tomber une larme ?

Regardez, c'est ici, dans cette même tour

Qu'on enferma Boullen qui vous donna le jour.

Est-ce à vous d'imiter un arrêt sanguinaire

Qui sur un échafaud fit périr votre mère ?

ÉLISABETH, *déchirée.*

Ma mère !.....

NORFOLCK.

Oui, malgré ses vertus et son rang,

Un bourreau, de Boullen a répandu le sang.

Comme Stuard des lois l'innocente victime....

Et sa fille en ces lieux commet le même crime !

ÉLISABETH, *voulant cacher ses larmes avec ses mains et se laissant tomber sur un siège.*

Ma mère !.......

NORFOLCK, *avec enthousiasme.*

Élisabeth retrouve sa grandeur !

(*Il tombe à ses pieds.*)

Je vous rends grâce ici d'écouter votre cœur.

Nature, que de gloire est par toi conservée !

J'ai vu couler vos pleurs, l'innocence est sauvée.

NORFOLCK, *court vers le fond du théâtre avec une joie*
excessive, suivie du plus affreux désespoir.

Stuard ! vivez..... Son sang !....

Il la voit morte, couchée sur un lit funèbre, entourée de
tous ses serviteurs à genoux.

Ah! monstre furieux,

Elle n'est plus !..... Son sang coule encore à mes yeux.....

Une double victime assouvira ta rage.

(*Se frappant.*)

Mânes sacrés je meurs, c'est mon dernier hommage!

(*Et la porte du fond se ferme.*)

ÉLISABETH, *anéantie.*

C'est moi que tu punis. O Ciel ! cache mes pleurs ;

Que je puisse en secret dévorer mes douleurs.

FIN.

www.ingramcontent.com/pod-product-compliance
Lightning Source LLC
Chambersburg PA
CBHW060432260626
47161CB00005B/1898